KB116574

모국어

한국의 단시조 013

모국어

김정희 시집

책만드는집

그대는 나의 기쁨
그대는 나의 슬픔

그대는 먼 지평선
그대는 먼 수평선

그대를
찾아 나섰건만
그대는 먼 신기루

−2016년 봄

김정희

| 차례 |

2부　꿈자리

3부　　난꽃 피던 날

4부 찻잔에 달을 띄워

5부   유월 한낮

1부

모국어

입춘 무렵

아득한 어느 산골
후미진 계곡에

여울은 얼고
또 멎었는가
내 몸에
소름 끼치고

그 물살
언제쯤 풀리려나
내 눈빛
밤을 지킨다

바람 한 자락에

아무도
없는 뜨락
햇살만 올을 푼다

샛바람*
한 자락에
우주가 열리는 기척

홀연히
첫 눈 뜬 매화
하르르 이는 저 숨결

* 동풍, 봄바람.

방하착 放下着

−나비처럼

무 배추 장다리밭에
옮겨 앉는 흰 나비

무심코 날아오른다
날갯짓도 가볍게

가진 것
아무것도 없이
빈 몸으로 가볍게

별은

그대와 눈 맞춤은
찰나의 불꽃이었다

하늘과 땅 위에서
마주치는
그 어디쯤

아 번쩍
불꽃 튀긴 자리
그리움은 머물고

시詩를 찾아서

한 줄의 시를 찾아 멀리도 떠나왔다

먼 하늘 별을 보며 땅에 핀 꽃을 보며

저마다 속삭이는 방언方言을 알아듣지 못하면서

문향 聞香

어디서 나는 향일까
자꾸만 귀가 쏠린다

창가에
휘인 매화가지
향불 피우는 기척

달 아래
문빗장 열고
섬돌 아래 나선 발길

모국어

그대 있어 내가 있고
내가 있어 그대 있다

탯줄로
이어진 인연
아버지
어머니…

영혼이
집 지어 사는 곳
혼불 밝혀
모시는

보리수 아래

그 나무
아래 머물면
잊었던 나를 찾을 것 같고

그 나무
아래 앉으면
사무친 사람 만날 것 같고

그 나무
아래 오래 앉으면
어떤 길이 열릴 것 같다

훈민정음

해와 달에 견주랴, 누리 밝힌 우리글을

세종대왕 만백성을 어엿비 여기시고

정음을 배우기 쉽게 이 땅에 내리셨으니

옷 벗은 나무

스쳐 간 바람결에
여울진 그대 향

그리움
잎 떨구며
속살 환히 내보이는 건

상처도
보배인 듯이
문득
깨친 마음자리

한글

온 누리 삼라만상 天, 地, 人을 아우른 뜻

홀소리 닿소리는 소리들의 보배 곳간

그 속에 얼비친 광망光芒 누리글 되었어라

임진강

— 이산가족에게

눈물이 흐른다
눈물이 흐르는구나

호곡에 겨운 설움, 어깨도 추스르며

일흔 해
등 돌린 한恨을
언제 다 말을 하리!

저 별

신 신고
흙 밟으며
떠난 이는 돌아오지만

신 벗고
꽃가마 타고
하늘길 떠난 사람

밤마다
길 밝히느라고
내려오지 못하네

이 봄도 머리를 풀고*

핏발 선 눈망울로 총부리 겨눈 형제

하늘이 무심하여 때아닌 천둥 불칼에

이 봄도 머리를 풀고 통곡하는 이 강산

* 우리네 옛 풍속에 부모가 세상을 뜨시면 비녀를 빼고 묶었던 머리를 풀어
  곡哭을 하였다.

초승달

그를
만나러 갔다가
돌아서는 이 길목

다홍으로
물드는
노을이 짙어라

어둠이
내리면 보일까나
그대 눈썹
초승달

잠자리

연밥에 앉아서
눈망울 굴리더니

한눈판 사이에
날아간 고추잠자리

빈자리
꽃은 벙글고
세상은 아무 일 없었다

판문점

팔다리
몽당거린
판문점 미루나무

선 자리
굳어버린
인욕의 세월 겪고

지금도
울음 삼키며
숨 쉬고나 있을까

매듭을 보니

인연은 덫이었다
아픈 형벌이었다

칡넝쿨 얽히듯
그물 쳐진 숲 속에

족쇄를
풀지 못하고
날지 못하는
새 한 마리

형광등

돈오頓悟며
돈수頓修로
깨치고 싶은 마음

떨리는 한순간
짜릿한 전류를 타고

장님이
눈을 뜨듯이
영혼의 점등點燈
꿈꾸는

다시 민들레
−일본 북해도 들녘에서

때마침,
바람 타고 날아온 민들레 꽃씨

낯선 땅 길섶 맴돌며
눈앞에 여며 앉는다

보국대報國隊*
끌려간 옛사람

떠도는 원혼일까!

* 식민지 시절 일본은 우리나라 백성을 보국대와 징용이라는 이름으로 모
진 강제 노동을 시켰는데, 북해도 개발로 많은 희생을 당하게 했다.

2부

꿈자리

초봄

긴 겨울
헤집고 온
목멘 바람 소리

장지에 머물다가
길 떠나간 신새벽

초록빛
장끼 울음을
꿈결인 양
듣는다

봄비 속에는

풀 향기 은은하게 스미는 그대 숨결

나직이 속삭이며 젖어드는 그대 목소리

연분홍 꽃잎의 떨림 어루만지는 그대 손길

별후 別後

밀물이
휩쓴 자리
물보라로 이는 얼굴

꽃이 외면해
피는 뜻을
처음으로 느껴보는

여울 속
깊은 조약돌
너무 희고 차구나

사모思慕

긴 세월 잊지 못할 이름 하나 때문에

우주는 모두가 당신의 것이었습니다

만상萬象에 닿아 비춰진 그대 다만 영원일 뿐

등명 燈明

눈 뜨면 거기 있고
눈 감아도 보이는 것

어디에도 있는 길을
어디에도 없는 길을

길 위에
길 찾으라고
길을 밝혀주느니

구절초 2

사람아
먼 사람아
엇갈린 길목에서

봄여름
기다려도
돌아오지 않더니

이 가을
풀 초롱 들고
어느 결에 왔느냐

달에게 고함

못 잊어 서러운 죄
사무친 그리움을

허공 깊은 우물에
묻어두고 싶니다

달이여
은두레박줄로
이 허물 건지소서

오랜 슬픔

엇갈린 그 길목이
운명을 가름했던 걸까

그때 내려서서
함께 가야 했을 것을

그것이 병이 될 줄이야…
대못 박힐 줄이야…

부재不在

그 산 밑에
낡은 빈집
봄꽃이 흐드러졌다

심은 이
떠났어도
해마다 꽃은 피고

적막을
가위질하는
저물녘의 새소리

너는 구름이 되고

너는 구름이 되고
나는 강물이 되어

얼비친 그림자 안고
한 세월 살아왔거니

천지간
아득한 빈자리
오고 감도 없으리

몽환 夢幻

달 아래
금빛 은빛
여울진 구름결에

옥피리
불며 날던
하늘 사람 보았어라

에밀레…
종 속으로 사라진
꿈결 같은

내 사랑

연못

연꽃을 찾아서
연못가에 왔습니다

꽃은 자취도 없고
소슬바람 이는 언덕

개구리
퐁당, 뛰어든 물속
하늘 한쪽
일렁입니다

가을 산 제비꽃

도토리 툭, 떨어지고
노란 잎 비 뿌리는 날

선산先山 봉분 곁에
진보랏빛 제비꽃

열꽃이
돋아났을까
열병 앓는 지구별에

숲 속의 노래 교실

"맴, 맴, 매— 들어봐요" 울부짖는 매미에게
"개, 개, 개, 그게 노랜가" 조롱하는 개개비

숲 속의 노래 교실은
시시비비 한창이다

응시凝視

그것은 숙명이었다
저 건너 은행나무

바람결 향 나르던 계절도 있었던가

벗은 몸
옹이 진 가지
무정설법無情說法 하고 있다

이별 노래

몇 굽이
산을 돌아
길을 물어 왔건만

닿을 듯
말 듯 스치던
그대 배 멀리 떠나고

억새꽃
빈 들녘에서
손수건만 흔들린다

꿈자리

긴 밤을 뒤척여도
매듭은 풀 수 없고
높아가는 별자리에
은하 물 흐르는 소리
베개 밑 강물을 타고
돛배 하나 떠간다

어떤 승화 昇華

달 없는
적막공산
뭇별을 쓸어 모아

폐가廢家의
빈 독에
오뇌의 술 담그네

날 새면
말갛게 괸 술
해와 달이
얼비쳐라!

들불
−농민 시위를 보며

황토 벌
거친 들판에
꿈의 씨앗 뿌렸다

땀방울 흙에 묻고
결실을 기다렸건만

거둘 것
없는 그날의
분노인가
저 불길은

시리아 난민

"아빠, 제발 죽지 말아요"
한마디 말 남기고

파도에 떠밀려 온
어린 꽃잎

모래무덤

구름도
멈칫, 눈시울 젖어
빗방울을
뿌리는…

3부
난꽃 피던 날

찻잔에 핀 매화

찻잔에
벙그는
그윽한 매화 한 송이

깊은 산
맑은 물에
관욕灌浴하던 봄빛을

아련히
두르고 앉아
그 문전에 머무네

봄눈

장지 밖
소리 없이
몰래 다녀간 자욱

속눈썹
뜨거웠던
첫사랑 소녀는 가고

눈물도
허물도 풀어
구슬로나 꿰리라

장엄한 공양

이제는 알겠느니
찬 서리에 피는 뜻을

옹이 진 그의 마음
오롯한 한 소망을

저만치 하얀 목련꽃
그 장엄한 공양을

백목련

찬 하늘
우러르며
북향하여 꽃망울 진

내 어머니
서러운 생애
상여꽃이 이운다

봄날이
오기도 전에
이승 떠나는 하얀 넋

난꽃 피던 날

마침내 눈을 뜨는
한 우주를 봅니다

긴 세월
뿌리 깊이
잠들었던
종소리

이윽고 노래가 되는
황홀한 순간입니다

복사꽃

이승에서
못 만날 혼백
꽃구름 타고
왔나 봐

연분홍 이내로
머흐는
아슴한
얼굴, 얼굴들

홀연히
손 흔드는 뒷모습
다시 돌아
가나 봐

도라지꽃

돌아선
그대 뒷모습
아슴히 멀어진 날에

풀숲에
아른거리는
보랏빛 고운 생채기

두 눈에
이슬 매달고
호젓이 먼 산을 본다

구절초

살아온 구곡간장
마디마디 앓던 내 어머니

봄여름
화창한 날
얼굴을 돌리시고

이 가을
설운 눈매로
나를 바라봅니까

패랭이꽃

내 죽어 꽃의 몸으로
환생할 수 있다면

어머니 무덤가에
패랭이꽃으로 피어

이승에 못다 한 사연
이룰 길도 있으련만

엉겅퀴꽃

가시성城 궁궐 속을
이글거리는 햇덩이여

전방도 첩첩한 산골
철조망을 지키는

내 아들 차가운 눈빛
풀덤불 속에 있네

달개비꽃

잠시 머물다 가기는
너와 나 한 몸인데

그 가냘픈 꽃빛만 한
하늘 한 줌 쥐고

어둠에 기댈 수밖에…
이슬에 젖을 수밖에…

등나무 꽃

그 사람 말 못 할 속내
몸 비틀며 앓고 있다

잡은 손 놓지 못하고
가끔 헛손질도 하면서

그래도
하늘 향한 기도
줄줄이 등촉을 다는

물옥잠화

탁수濁水인들
어쩌하리

헹구고 또 맑히어

목숨 나눠
불을 밝힌
연보랏빛 저 눈매

흙 한 줌 딛지도 않은
아, 관음觀音이
오십니다

화도 花禱 2

한번
눈을 뜨면
이대도록 밝은 세상

봄은
가지마다
소명의 등을 달고

다시금
살아 숨 쉬는
은혜로운 후광

화도 花禱 5

연초록
빛 둘레를
멍석이듯 깔고 앉아

높가지
둥지 틀어
부싯돌을 긋는다

목숨은
찬란한 불빛
원을 두고 켜는 등燈

화도花禱 6

불길이
인다
불길이 솟는다

초가삼간
태우고도
남을 불 숭어리

노을도
비껴 타거라
성스런 화염 앞에

화도花禱 8

하늘과
땅이 멀어
끝닿을 곳 없는데

추워서
속살 시린
밤비 같은 기도는

생애의
먼 굽이를 돌아
은하 물에 헹군다

화도花禱 9

여울가
물의 곁에서
목마른 사구沙丘의 몸짓

두 줄기
나뉜 강물
등 돌리며 울며 가는데

찢기는
가을바람이
오지랖을 스치네

민들레 초상

길섶에 말없이 앉아
빈자일등貧者一燈 켜놓고

머물다 떠난 인연
바람결이
보낸 후

빈집에
허리를 꺾고
열반경을
외
운
다

서리꽃

눈물 고인 눈매로 고드름 엮지 않았다

한이며 아롱진 꿈 영 너머에 흩뿌렸다

은빛도 찬란한 형관荊冠 빛무리로 둘렀다

4부

찻잔에 달을 띄워

좋은 날

꽃들은 이울기에 더없이 아름답고

목숨은 사라지기에 더없이 소중하다

살아서 숨 쉬는 지금 우리 함께 좋은 날

원적原籍

인삼 골
첩첩 산골
인삼꽃 피워놓고

한 소망
소지燒紙 올리듯
향으로 살던 사람들

천 년 숲
골짜구니에
조선의 기氣로 엉켜 있다

아버지

녹두꽃
진 자리에
일어선 한 줄기 바람

세상을
바꾸려는 뜻
천지를 휩쓸었건만

소나무
휘인 가지에
옹이로 굳어 있다

산다는 것은

봄이면 꽃 피우고 가을이면 잎 지우듯

만남과 헤어짐에 목메는 겨울 나목

뜬구름
흘려보내듯
앞 강물
흘려보내며

난에게

이제 너는, 내 마음 비춰주는 청동거울

눈 주면 다가와서 미쁜 정 포개주고

살가운 이심전심을 눈빛으로 전하는

홍단풍

타고난
더운 목숨
피 뱉듯 받아 들고

온 세상
푸르름에
징을 울리는 반란叛亂

광대야
서러운 탈춤
열두 마당 풍악 소리

압화押花

먼 훗날
잊으리라
접어둔 마음 갈피

선연히
떠오르는
네 모습 빛바래도

아련히
피어오르는 향
문득
명치끝 아리다

찻잔에 달을 띄워

찻잔에
달을 띄워
마음 뜨락 밝힌다

어느 먼 곳
나들이 간
생각도 불러들이며

내 안의
나를 모시고
올리는 아득한 제의祭儀

찻잔 1

담금질
불길 속에
영겁을 얻었어라

뜨거운
무늬 위에
운학雲鶴을 길들이고

빈 잔에
고이는 말씀
앙금처럼 앉는데…

찻잔 2

연둣빛
물안개에
사르르 녹는 봄눈

옷깃
나부끼며
향긋이 오시는 이

조용히
무릎을 꿇고
두 손 모아 여미다

찻잔 3

기억도
오래되어
희미한 그의 이름

잔 가득
넘치는 마음
건네주고 싶었건만

이제는
닿을 수 없는
허물어진 징검다리

찻잔 4

솔바람
불어오는
그윽한 골짜구니

산 여울
물소리도
안개로 실려 오고

자연은
숨결로 다가와
입술가에 맴돈다

풍경 2

풀잎은 모로 누워
쓰러진 지 오래

빈 들녘 지켜 서 있는
철 지난 허수아비

넝마로
펄럭이는 모습
참새도 울며 간다

풍경 3

입춘이 지난 햇살
당사실로 풀리는데

무겁게 닫혔던 문
흙은 살짝 문을 여네

천지는
개벽하는 꿈
아지랑이 여울지고

풍경 8

산길 오르던 길섶
비탈에 선 나무여

설레던 가지들은
노을을 휘어잡고

헛디딘
바람 한 자락
발목 밑에 깔린다

비 오는 날

너 떠난 빈 나루에
앞을 가린 물안개
참아온 속울음이
방울방울 맺혀온다
만날 날 기약 없어도
하늘에서 전한 안부

쌍가락지 낀 강물

진주교 은빛 난간은
쌍가락지 홍살문

가신 님*
매운 뜻을
강물이 먼저 알고

남강은
쌍가락지 끼고
열 손가락 펴 보인다

* 논개.

진양호 낙일落日 앞에

차마
눈 감을 수 없는
마지막 순간 두고

한 사람
지우지 못해
자지러지는 붉은 상처

유서를
다시 고쳐 쓰고
목멘 시詩를 바치노니…

용추폭포 앞에서

한목숨
걸어놓고
득음한 저 소리꾼

그 몇 번
까무러쳐
흘러온 낭떠러지

장엄한
투신을 본다
절창의 그 순간

눈물

가랑잎으로 묻어둔
내 마음의 옹달샘

몰래
떠다 마시고
비운
빈 쪽박에

아직도
남은 물방울
젖어 있다
그대로

5부

유월 한낮

자목련 봄날

연둣빛 이른 봄날
그대를 만났습니다

떨린 가슴 피맺힌 속내
차마 말을 못 하고

꽃샘이 서리 친 그날
손수건만 건넸습니다

한살이

손톱 발톱
닳은 몸이
등뼈마저 휘었어라

등짐을
이고 지고
고갯길 넘어서면

낮은 곳
맑게 흐르는
계곡물이 보이네

새벼리 산거山居

숨은 새 살고 있는
새벼리 낭떠러지

구름도 산마루에
모둠발을 걸쳤다

어디서
호— 꾀꼴꾀꼴
법화경 읊는 소리

청대숲, 바람 일어

청대숲
회오리 일어
하늘 뜻 말아 올린다

마음 비운
어진 백성
꿈 지피는 바지랑대

허공에
휘청거린다
날끼을 세운 바람 앞

보시 布施

해금강* 가서 보았다
기적 같은 천년송을

해풍에 휘둘리며
해무海霧로 살아가지만

갯바위
등을 내밀며
틈을 주는 그 보시를!

* 경남 거제에 있는 명승지.

풀꽃에게

그래, 너
어느 별에서
찾아온 목숨이냐

어리고
여린 속내
부러움과 시샘도 몰라

길손이
발등을 짓밟아도
무구한 눈빛, 아가야

산비둘기야

이웃집 나무에 앉아 아침 여는 산비둘기야

본향 잃은 나그넷길에 절로 절로 익힌 가락

내게도
그 울음 전할
노래를 빌려다오

목숨

바코드에 입력된 내력은 알 수 있지만

유통기한 알 수 없는 생명의 신비로움

오신 날 알 수 있어도 떠날 날은 모르는

백련 한 떨기

내 눈물
고인 늪에
솟아난 백련 한 떨기

꿈인지
신기룬지
물거품일지라도

목숨이
이우는 날에
함께 떠날
그림자

수심가 愁心歌

산에 살던 산비둘기
둥지 잃고 우니는 뜻

울대에 잠긴 노래
지집 죽고…
자슥 죽고…

구— 구구
구슬픈 곡조

독거노인
눈물짓네

대관령에서

살아온
지난날들이
여기 펼쳐졌어라

한 고비
넘으면
또 한 고비
목숨 걸던 결단

바람에
떠도는 구름
머물다 가는 길은

유월 한낮

긴 장마 비 사이로
하늘 반짝 트인 날

숲 잃은 휘파람새
전봇대에 울고 있다

휘파람,
저 휘파람 소리
저민 살을
가르는

석란 石蘭

가진 것 다 버리고
인연은 매듭 지어

마디마디
목멘
허무의 빈 언저리

흰 나비
사뿐히 앉아
십 년 봄을 접는다

모나리자
-루브르박물관에서

산보다
더 큰 그리움
늘 곁에 두고 있다

애틋한 속마음은
비단보에 숨겨둔 채

벙글 듯
닫힌 그 입술
머금은 뜻 몰라라

피에타
－베드로사원에서

천 길
보다 더 깊은
슬픔의 뿌리 밑둥

솟아날
한 줌 흙도
발 디딜 곳도 없는 여기

나그네
입술 깨물고
함께 느껴 우옵니다

동학사 계곡

금당 앞
연꽃 송이
염화시중 하는 몸짓

계곡물이
엿듣고
도란도란 도란거리고

버들치
유연한 자태
경을 쓰는 붓놀림

서귀포 봄 바다

한 바다 한 하늘이
여기 한데 어우러져

그 너머 끝없는 세상
넘나드는 물안개

생사를
회통하는 자리
유현한 길 열려 있다

와이키키의 달밤

달무리 진
초승달이
파도에 실려 와서

은열쇠
반짝이며
쪽문을 열고 있다

후드득
듣는 물방울
달물인가 눈물인 듯

타클라마칸의 별빛

아득한 하늘 난간
초롱불 밝혀놓고

맨발로
뛰어내려
머리맡
서성이는 이

언젠가
돌아가야 할 집
처마 밑이 환하다

그랜드캐니언

오색도 찬란한 꿈을
펼쳐놓은 벼랑 아래

무지개는
땅에 눕고
하늘은
물구나무섰다

만다라
피는 저 언덕
꽃불은 타오른다

근원적 사유와 감각으로 빚어내는 정형 미학

유성호 **문학평론가·한양대 국문과 교수**

1

현대시조의 미학적 독자성과 완결성은, 압축과 여백의
미가 살아 있는 이른바 '단(형)시조' 전통을 통해 관철되어
왔다. 물론 장(형)시조 같은 일종의 확장 형식이 우리 시대
에 빈번하게 쓰이고 있음을 부인하기는 어렵지만, 그럼에
도 불구하고 단시조 작법이 우리 정형 미학의 고갱이로 착
근되는 데는 별 어려움이 따르지 않았다. 우수한 단시조는
이처럼 한결같이 압축과 여백의 미학을 줄곧 택해왔거니
와, 그래서 그 함축적 언어는 독자들의 기억이나 낭송의
편의를 도와왔고 각종 앤솔러지에도 즐겨 채택되면서 실

로 유력한 문화적 향수의 대상이 되기도 하였다. 그러나 인간을 둘러싼 환경이나 제도, 관행, 지적 풍토 등이 일련의 복합성을 띠어가기 시작하면서, 정형 미학에서의 단시조 전통 역시 확연한 주류로 기능하지는 못하게 되었다. 다시 말해, 심미적 관조나 순간적 정서로 표상하기에는 사회적·인간적 관계가 다분히 복잡해졌고, 따라서 이러한 상황에 대한 비판적 인식이나 대안적 사유를 표명하려고 할 때 시조의 장형화는 어느 정도 필연적이었던 것이다. 곧 단순성의 시학에서 복합성의 시학으로 나아가는 데 현대시조의 한 경로가 숨겨져 있었다고 할 수 있다.

하지만 가장 짧은 형식을 통해 시조를 쓰는, 즉 언어를 사용하면서도 그 언어의 명료성을 메타적으로 부정하려는 시인들의 역설적 노력은, 압축과 여백의 미에 대한 집착을 여전히 견고하게 지켜가고 있다. 물론 그것은 언어 자체에 대한 부정이라기보다는 언어 과잉을 경계하려는 방법적 전략을 함의한다. 그래서 우리는 언어 과잉을 세심하게 경계하려는 미학적 선택 행위가 단시조라는 집중화된 양식을 통해 나타난다고 말할 수 있을 것이다. 더불어 우리는 그 짧은 언어 양식을 통해 서늘한 인지 경험과 초월 경험을 동시에 치르고 있는 것이다.

김정희 선생은 1975년 《시조문학》으로 등단하였으니 시력詩歷 40년 세월을 넘어서고 있는 우리 시조시단의 원로이다. 이번에 새로 펴내는 선생의 단시조집은 오랜 선생의 사유와 감각을 집성集成함은 물론, 특별하게 정제된 차분한 목소리를 담아냄으로써 선생의 정결하고도 단아한 생애를 선명하게 조감鳥瞰하게끔 해주고 있다. 그렇게 김정희 선생은 단시조의 창작을 고집스럽게 유지하고 심화해왔고, 명료한 분별과 이성적 경계를 지우면서 그 나머지는 여백으로 남기는 방법론을 통해 선생만의 시적 사유와 표현을 담아내 왔다. 그 점에서 선생께 단시조는 가장 근원적인 사유를 담는 그릇이자 가장 중요한 형식미학적 의지를 담아내는 틀이 되고 있다고 할 수 있다. 이제 그 근원적 사유와 감각으로 빚어내는 정형 미학의 세계 안으로 천천히 들어가 보자.

2

먼저 김정희 선생의 시조 미학을 떠받치고 있는 첫 번째 기둥은, 자연 사물에 대한 지극한 관조와 그것의 감각적

재현 그리고 그것을 인생론적 정점으로 유추해내는 상상력의 연쇄 과정 속에 있다. 선생은 단시조가 가지는 형식 미학적 미덕을 최대한 살려서 이러한 미학적 공정을 하나하나 성취해간다. 압축과 긴장과 생략의 방법을 통해 선생은, 본디 적지 않은 분량과 밀도를 가진 서사나 정서가 들어차 있던 곳을 확연히 비워냄으로써 단형 서정의 한 극점을 이루어간다. 따라서 선생의 시조를 읽는 이들은 그 비워진 터에 자신의 경험과 기억을 풀어 넣어 행간에 숨겨진 서사와 정서를 재구성해야 한다. 선생의 단시조는 의미를 설명하는 쪽이 아니라 의미를 응축하는 쪽에 서 있고, 세계내존재로서의 인간이 가지는 복합적 삶의 마디들을 일일이 설명하지 않고 생략과 함축의 미학을 통해 집중성과 상상적 참여의 기능을 강화하고 있기 때문이다. 한 편 한 편 읽어보기로 하자.

무 배추 장다리밭에
옮겨 앉는 흰 나비

무심코 날아오른다
날갯짓도 가볍게

가진 것

아무것도 없이

빈 몸으로 가볍게

    －「방하착放下着－나비처럼」 전문

    원래 '방하착放下着'이란 말은, 손을 밑으로 내려둔다는
뜻을 담고 있다. 또한 그것은 '내려놓음'이라는 함의를 지
닌 선불교의 화두이기도 하다. 집착을 내려놓고 마음속까
지 버림으로써 무소유를 통한 인간의 자기회복을 희구하
는 뜻이 거기에 담겨 있다. 그런데 이러한 제목을 통해 김
정희 선생은, 텅 비어 있음으로써 팽팽하게 가득 채워진
풍경 하나를 부조浮彫해간다. '나비처럼'이라는 부제에 걸
맞게 선생은 여기저기 날갯짓도 가볍게 옮겨 앉는 흰 나비
에게서 "가진 것 / 아무것도 없이 / 빈 몸으로" 살아가는 인
생론을 유추하고 있다. 어쩌면 그 형상은, 선생이 다른 곳
에서 노래한 "연분홍 꽃잎의 떨림"(「봄비 속에는」)이나 "그
대와 눈 맞춤은 / 찰나의 불꽃"(「별은」)처럼, 자연 사물에서
느끼는 절정의 순간을 포착한 것일 터이다. 이러한 함축과
순간의 시학은 다음 작품들로도 이어진다.

아무도

없는 뜨락

햇살만 올을 푼다

샛바람

한 자락에

우주가 열리는 기척

홀연히

첫 눈 뜬 매화

하르르 이는 저 숨결

ー「바람 한 자락에」전문

사람아

먼 사람아

엇갈린 길목에서

봄여름

기다려도

돌아오지 않더니

이 가을
풀 초롱 들고
어느 결에 왔느냐
ㅡ「구절초 2」전문

　김정희 시인은 더없이 지극한 시선을 자연 사물에 집중
한다. 먼저 햇살만 가득한 뜨락에서 시인은 "샛바람 / 한
자락에 / 우주가 열리는 기적"을 느낀다. 섬세하고 가멸찬
감각에 의해 열리는 매화의 숨결이 그 풍경을 구체적으로
이루어간다. "홀연히 / 첫 눈 뜬 매화"는 그래서 김정희 선
생의 역동적 감각이 가 닿은 가장 구체적인 거소居所가 된
다. 그런가 하면 '구절초'라는 구체적 형상을 두고 시인은
"먼 사람"을 연상하고 있다. 늘 엇갈리기만 했던 그 사람에
대한 하염없는 기다림은, 가을에 이르러서야 "풀 초롱 들
고" 온 사람의 형상을 불러온다. 그야말로 "살가운 이심전
심을 눈빛으로 전하는"(「난에게」) 존재자들을 안아 들이는
시인의 품이 넓고도 깊다고 할 수 있다.
　이처럼 김정희 선생은 생활적 구체성이나 그것을 반영

하는 전언 위주의 발화보다는 초월과 암시를 주음主音으로 하면서 생략의 미학을 구현해가는 단시적 완결성을 지속적으로 견지하고 있다. 특별히 자연 사물의 미시적 형상과 움직임을 관찰하고 또 담아내는 김정희 시학은, 앞으로도 이러한 고유한 창작 방법이자 미적 권역을 통해 우리 시대의 고전으로 남게 될 것이다. '말하지 않음'으로써 의미 과잉을 역설적으로 경계하는 선생의 이러한 양식 선택이, 우리 시조가 추구하고 실현해야 할 '시적인 것'의 영역을 심화하는 데 기여할 것으로 믿는다.

3

다음으로 우리가 살필 김정희 선생의 고유하고도 독자적인 음역音域은, 일찍이 지적된 바 있는 "고졸古拙의 담백"(김열규)이 한결같이 이어지고 있다는 데 있다. '고졸'이란 시조 미학의 중요한 본질이 아닐 수 없는데, 사실 현대시조는 자신이 살아온 삶에 대한 기억과 이를 통한 자기 확인을 고졸한 언어로 담아냄으로써 가장 빛나는 역설 하나를 성취하는 양식이 아니던가. 비록 그것이 격정적 발언을 품고 있다고 하더라도, 그 저류에는 언제나 고졸과 담백의 언어가 흐름으로써 어떤 미학적 절정을 성취하게 되는 것이다. 그만큼 김정희 선생은 자신의 시조로 하여금 오랜 시간 겪은 절실한 경험 가운데 가장 뿌리 깊은 기억의 층을 발화하면서, 동시에 고졸과 담백의 언어화 과정을 치러내는 감각을 일관되게 선보이고 있다.

밀물이
휩쓴 자리
물보라로 이는 얼굴

꽃이 외면해
피는 뜻을
처음으로 느껴보는

여울 속
깊은 조약돌
너무 희고 차구나
ㅡ「별후別後」 전문

그를
만나러 갔다가
돌아서는 이 길목

다홍으로
물드는
노을이 짙어라

어둠이
내리면 보일까나
그대 눈썹
초승달
ㅡ「초승달」 전문

　김정희 시인은 '별후'라는 시간을 노래하면서도 가장 구
체적인 이미지를 한결같이 구축해낸다. 그것은 밀물이 한
번 쓸려 간 자리에서 문득 발견한 '조약돌' 형상이다. 희고
찬 그 조약돌과 "꽃이 외면해 / 피는 뜻"을 병치하면서, 시
인은 '이별 이후'라는 시간을 사물화하는 데 성공한다. "처
음으로 느껴보는" 산뜻하고도 선명한 감각이 아닐 수 없

다. 뒤의 시편에서는 '초승달'이라는 구체적 심상을 통해 역시 '그'를 만나러 갔다가 돌아서는 시간을 형상화한다. "다홍으로 / 물드는 / 노을"과 "어둠이 / 내리면 보일까나 / 그대 눈썹 / 초승달"은 이별의 순간과 그 후의 잔상을 의미하는 듯하다. 그래서 '초승달'은 "만날 날 기약 없어도 / 하늘에서 전한 안부"(「비 오는 날」)이기도 할 것이다. 사실 이러한 시간의 사물화는 김정희 선생의 주요 작법 가운데 하나이다. 원래 시간은 누구에게나 공평하게 주어진 실체로 여겨지기 쉽지만, 그것은 주체의 내면에서 지속되는 어떤 흐름으로만 경험되는 주관적 실체일 것이다. 따라서 모든 사람은 자신만의 시간 단위를 가지게 되며, 그것은 주체가 처한 실존적·역사적 정황에 의해 끊임없이 현재화되게 마련이다. 그래서 김정희 선생은 자신이 몸속에 새기고 있는 수많은 기억의 이미지를 통해 시간 형상을 구체화하려는 상상적 모험을 보여주고 있는 것이다.

연둣빛
물안개에
사르르 녹는 봄눈

옷깃
나부끼며
향긋이 오시는 이

조용히
무릎을 꿇고
두 손 모아 여미다
―「찻잔 2」전문

찻잔에
벙그는
그윽한 매화 한 송이

깊은 산
맑은 물에
관욕灌浴하던 봄빛을

아련히
두르고 앉아
그 문전에 머무네

'찻잔'을 소재로 한 이 두 편의 작품 역시 선명하고 고졸
한 이미지를 형상화하고 있다. 사르르 녹는 봄눈은 마치
"옷깃 / 나부끼며 / 향긋이 오시는 이"처럼 반갑고도 그윽
한 손님일 것이다. 그 손님을 맞으면서 시인은 찻잔을 두
손 모아 여민다. 경건하고 단정한 선생의 모습이 거기 투
영되어 있다. 또한 "찻잔에 / 벙그는 / 그윽한 매화 한 송
이"를 노래하는 대목에서는 "깊은 산 / 맑은 물에 / 관욕하
던 봄빛"을 여전히 감각적으로 충실하게 재현해낸다. 아닌
게 아니라 김정희 선생은 "무구한 눈빛"(「풀꽃에게」)을 전
해 오는 뭇 사물들의 목소리와 움직임을 정성껏 관조하고
받아들이는 모습을 약여하게 보여준다. 그것이 "빈 잔에 /
고이는 말씀"(「찻잔 1」)처럼 우리에게도 잔잔히 전해져 온
다. 고요 속에서의 역동이 이렇게 그려진다.

일찍이 불가에서는 이처럼 경계가 지워진 마음의 고요
상태를 '무위심無爲心'이라고 하였는데, 그것은 일체의 분
별이 없어진 마음 상태를 가리킨다. 어떠한 형상도 만들지
않는 이 청정한 상태가 바로 자비심을 일으키는 상태가 되
는데, 이는 바로 진공묘유眞空妙有의 새로운 빛을 발할 수

있는 최적 조건이 되기도 한다. 이처럼 '이쪽(현실)'과 '저쪽(초현실)'의 분별이 없어진 상태, 아니 분별이 없어졌다기보다 둘이 하나가 된 상태가 바로 정신의 융즉(融卽, participation) 상태인 것이다. 김정희 선생의 시학적 궁극의 표지標識가 바로 이러한 지경에 가 닿고 있음은 주목해보아야 할 것이다.

4

그런가 하면 우리가 김정희 시학에서 새삼 발견하고 경험하게 되는 것은, 자기 기원의 탐색과 인생론적 진실 발견, 그리고 삶을 지극한 지경으로 성화하려는 초월의 미학적 구축 과정에 있다. 이때 우리는 김정희 시편이, 삶의 한계나 상처를 넘어서고 치유하려는 열망과 의지에 의해 완성되고 있음을 알 수 있다. 이쯤에서 우리는 선생 시편들이 사적인 감정의 숙주가 아니라 적극적 삶의 의지가 숨 쉬는 언어의 집이요, 그것을 통해 세상과 만나고 세상을 열려고 하는 촘촘한 열망의 상상적 기록이라는 것에 깊이 상도想到하게 된다.

녹두꽃
진 자리에
일어선 한 줄기 바람

세상을
바꾸려는 뜻
천지를 휩쓸었건만

소나무
휘인 가지에
옹이로 굳어 있다
－「아버지」 전문

봄이면 꽃 피우고 가을이면 잎 지우듯

만남과 헤어짐에 목메는 겨울 나목

뜬구름
흘려보내듯

앞 강물

흘려보내며

　–「산다는 것은」 전문

　자신의 존재론적 기원이기도 한 '아버지'는 "녹두꽃 / 진
자리에 / 일어선 한 줄기 바람"으로 은유된다. 그 은유적
형상으로서의 '바람'이 천지를 휩쓸다가 궁극에는 "소나
무 / 휘인 가지"에 굳어진 채로 존재하는 '옹이'로 다가온
다. 그렇게 '아버지'는 역동적 생애를 뒤로하신 채 시인에
게 여태껏 중요한 생의 자양이 되어주신다. 그리고 시인은
인생론적 진실을 들려주는 뒤의 시편에서 꽃이 피고 이우
는 것, 모든 존재자들이 만나고 헤어지는 것을 "겨울 나목"
에게서 바라본다. 구름이나 강물도 그러한 이법을 선연하
게 보여준다. 그러한 이법의 관찰과 형상화야말로 "내 안
의 / 나를 모시고 / 올리는 아늑한 제의"(「찻잔에 달을 띄
워」)일 것이다. 그렇게 뭇 사물은 "숨결로 다가와 / 입술가
에 맴"(「찻잔 4」)돌면서 "한목숨 / 걸어놓고 / 득음한"(「용추
폭포 앞에서」) 경지를 보여준다. 모두 충일한 자연 형상이
아닐 수 없다.

　이러한 작품들은 모두 시인 자신의 깊은 기원을 찾아가

는 여로에서 쓰인 결실이다. 김정희 시인은 자기 기원이라는 시적 테마를 향해 나아가면서, 한결같이 지난 시간들이 가졌을 법한 세세한 결들을 재현하고 그 안으로 몰입해간다. 물론 이때 기원 탐색이라는 것이 과거를 지향하고 거기에 온통 가치를 부여하는 퇴영적 행위를 뜻하는 것은 아니다. 그것은 오히려 그동안 치러온 시간 경험들을 원초적 형식으로 복원하면서도 그것을 현재의 삶과 연루하고 매개하는 적극적 행위 가운데 하나일 것이다. 그 기원의 자리는 곧 "천지간 / 아득한 빈자리"(「너는 구름이 되고」) 혹은 "상처도 / 보배인 듯이 / 문득 / 깨친 마음자리"(「옷 벗은 나무」)가 되기도 한다. 애잔하고 아름답고 또한 선연한 기억의 지층이 녹아 있는 상상적 기록이 아닐 수 없다.

한번
눈을 뜨면
이대도록 밝은 세상

봄은
가지마다
소명의 등을 달고

다시금

살아 숨 쉬는

은혜로운 후광

　　ー「화도花禱 2」 전문

불길이

인다

불길이 솟는다

초가삼간

태우고도

남을 불 숭어리

노을도

비껴 타거라

성스런 화염 앞에

　　ー「화도花禱 6」 전문

이 연작 시조는 '꽃의 기도'를 뜻하는 제목으로 쓰였다.

눈을 뜨면 밝게 다가오는 "살아 숨 쉬는 / 은혜로운 후광"
과 끊임없이 일고 솟구치는 "성스런 화염"은 모두 꽃의 눈
부신 외관과 속성을 은유하는 독자적 형상일 것이다. 그
안에서 선생은 자연의 "장엄한 공양"(「장엄한 공양」)을 보
기도 하고, "다만 영원일 뿐"(「사모」)인 순간들에 "자꾸만
귀가 쏠린"(「문향」) 시간을 고백하기도 한다. 이처럼 자연
풍경에 동참하면서 거기서 신생의 순간을 발견하는 과정
을 우리가 '깨달음'이라고 부를 수 있다면, 현대시조의 중
심적 기능 중 하나가 바로 그 발견과 '깨달음'에 있다 해서
틀릴 것은 없을 것이다. 그 점에서 우리는 김정희 시편을
읽음으로써 미처 인지하지 못했던 어떤 가치나 관념, 양식
등을 경험적으로 깨닫고, 그 순간 선생의 시편이 담아낸
사물들은 '충만한 현재형'으로 새롭게 태어나는 것이다.
이렇게 김정희 선생은 자신의 개별적 경험을 보편적 의지
로 수렴하는 서정시의 기본 원리를 가장 충실하게 구현하
고 있다.

　하지만 선생은 비非언어적 마음을 유지하는 또 하나의
지향점을 가지고 있는데, 그것이 바로 언어를 비껴간 언어
곧 '침묵'이다. 김정희 시편은 이러한 침묵의 형식을 채택
하면서 언어를 통해 사물의 본체에 다가가되 언어의 한계

를 벗어나고자 하는 것이다. 여기서도 우리는 모든 사물에 귀 기울이는 시인의 모습을 정성스레 만나게 된다. 그렇게 선생은 현대시조가 언어의 시뮬레이션이 아니라 현실의 폐허를 견디게끔 위무하면서 쓸쓸하고도 아름다운 생의 형식을 견고하게 보여주는 양식임을 입증해가고 있다.

5

마지막으로 우리가 만나게 되는 선생의 음역은 '시'에 관한 메타적 자의식이다. 이때 '시인'이라는 존재는 자신의 언어를 통해 존재 갱신의 활력과 어둑한 실존적 자각 사이에서 궁극적이고 최종적인 삶의 형식을 완성하고자 하는 언어의 사제司祭로 몸을 바꾼다. 그만큼 '시인'이란, 존재 확인이라는 가장 일차적인 욕망과 더불어 궁극적이고 최종적인 삶의 형식 완성이라는 보다 커다란 의지를 아울러 가진 존재로 거듭난다. 이 모든 과정이 선생의 '시(시조)'를 향한 열망과 헌신의 자세를 보여준다.

그대는 나의 기쁨

그대는 나의 슬픔

그대는 먼 지평선
그대는 먼 수평선

그대를
찾아 나섰건만
그대는 먼 신기루
　　　　　－「서시序詩」 전문

　'시'야말로 선생의 기쁨이요, 눈물이요, 먼 지평선이고
먼 수평선이다. 평생 '시'를 찾아 나섰지만 여전히 그것은
"먼 신기루"처럼 다가가기 어렵다. 물론 여기서 "그대"는
사랑하는 이의 궁극적 형상이기도 하겠지만, 제목에서 끼
쳐지는 것처럼 '시' 자체를 말하는 것이기도 하다. 그렇게
선생께 '시'는 자신의 "울음 전할 / 노래"(「산비둘기야」)이
고, "찬란한 불빛"(「화도 5」)이며, 결국에는 "무정설법"(「응
시」)의 언어가 되고 만다. 우리는 그 '시'의 궁극적 의미를
'높이height' 보다는 '깊이depth'의 차원에서 경험하게 되는
것이다. 그 점에서 김정희 선생은 말을 통해 세상을 치유

141

하고 회복하려는 열망을 가진 시인이자, 동시에 그 말의
'깊이'를 향해 자신의 사유와 감각을 쏟아붓고 있는 시인
인 것이다.

그대 있어 내가 있고
내가 있어 그대 있다

탯줄로
이어진 인연
아버지
어머니…

영혼이
집 지어 사는 곳
혼불 밝혀
모시는
-「모국어」전문

한 줄의 시를 찾아 멀리도 떠나왔다

먼 하늘 별을 보며 땅에 핀 꽃을 보며

저마다 속삭이는 방언方言을 알아듣지 못하면서
　　－「시詩를 찾아서」 전문

　'모국어mother tongue'는 시인 자신의 존재 근거이자 유일
한 발화 조건일 터이다. 그러니 자연스럽게 "그대 있어 내
가 있고 / 내가 있어 그대 있다"는 고백이 가능하지 않겠는
가. 그렇게 "탯줄로 / 이어진 인연"은 모국어로 하여금 "영
혼이 / 집 지어 사는 곳"이 되게끔 한다. 그곳에 모셔진 밝
은 '혼불'은, 그래서 시인이 추구해 마지않는 시정신을 암
유한다고 할 수 있을 것이다. 그 모국어로 쓰이는 '시'를 찾
아 나선 시인은, 하늘의 별과 땅의 꽃을 바라보면서 "저마
다 속삭이는 방언 알아듣지 못하면서" 여기까지 온 것이
다. 그 순간순간 시인은 "꽃들은 이울기에 더없이 아름답
고 // 목숨은 사라지기에 더없이 소중하다"(「좋은 날」)는 역
리逆理도 배워가고, 나아가서는 "길 위에 / 길"(「등명」)을
찾아내는 순간을 만나갈 것이다. '시'가 "이윽고 노래가 되
는 / 황홀한 순간"(「난꽃 피던 날」)을 아름답게 만들어가면
서, 우리로 하여금 "길섶에 말없이 앉아 / 빈자일등 켜놓

143

고"(「민들레 초상」)서 이 노래를 듣게 할 것이다.

6

말할 것도 없이 '시조'라는 양식은, 말을 아끼고 절제함으로써 "말이란 무엇인가"를 사유하는 예술의 갈래이다. 그 점에서 영락없는 '언어예술'이다. 이러한 언어예술로서의 시조를 쓰면서 김정희 선생은 언어적 자의식으로 충만한 세계를 보여준다. 뭇 사물 속에서 언어를 발견하고 경험하려고 하는 존재로 몸을 끊임없이 바꾸면서, 선생은 언어의 도구적 기능을 넘어서 언어 자체에 대한 탐색에 공을 들인다. 김정희 선생이 보여주는 이러한 세계, 곧 '말해질 수 없는 말'을 통한 말하기 방식에는 이러한 메타적 탐색의 간단없는 의지가 스며 있다. 결국 우리는 김정희 선생의 텍스트가 보여주는 전언을 통해 소멸해가는 사물들의 이미지 뒤편에 꼭꼭 숨어 있는 언어를 듣게 된다. 어둑한 실존을 지탱하고 견디는 주체와, 그 주체의 경험 속에 긴장과 균형으로 존재하는 소멸해가는 사물들, 그리고 그것들이 아름답게 공존하는 풍경이 말하자면 선생의 시 세계

144

이다. 그리고 이러한 깊은 근원적 사유와 감각을 통해 선생의 언어는 폐허의 시대를 살아가는 삶에 대한 시적 시선을 부여하면서, 높고 깊은 성찰의 시선으로 나아간다.

언젠가 김정희 선생으로부터 건네받은 '시조문학관' 브로슈어에서 다음과 같은 선생의 시조관觀을 새삼 발견할 수 있었다.

시조는 겨레의 얼이며 숨결입니다. 신라의 향가에 연원을 두면 천 년의 역사이며 그 형식이 정제된 고려 말로 보면 7백여 년을 이어온 이 나라의 정형시입니다. 세계에서 가장 오랜 역사를 지닌 아름다운 정형시임을 천명하면서 금명간 세계문화유산으로 등재될 희망을 지니고 있습니다. 잘 아시다시피 고시조는 창唱을 위주로 발달하여 불리었지만 현대시조는 갑오경장 이후 어엿한 문학의 한 장르로 발전하여 한국문학의 종가宗家 위치에 있습니다.

겨레의 얼이며 숨결이자 기억이며 지향이 될 시조를 개척하고 이끌어 가는 첨예한 정점에 김정희 시조가 놓이는 순간이 여기 적혀 있다. 한국문학의 종가로서의 위상을 지켜내면서 펼쳐온 선생의 시학을 우리는 깊이 기억하고

자 한다. 더불어 근원적 사유와 감각으로 빚어내는 선생의 정형 미학이 우리 시조시단의 중요한 생성적 마디로서, 호환하기 어려운 수일한 범례로서 우리의 기억 속에 오래도록 머무를 것을 기대하면서, 또 그것을 온 마음으로 소망해본다.